水仙精灵：水仙精灵

星　　座：摩羯座

性　　格：温柔善良，有爱
　　　　　心，乐于助人。

幸 运 物：花色围巾

水仙精灵：**伊丽莎白精灵**

星 座：水瓶座　　性 格：为人单纯坦率，很容

幸运物：希腊金梳　　　　　易相信别人。

水仙精灵：戴安娜精灵
星　座：双鱼座
性　格：活泼可爱，充
满青春气息与
活力，深受周
围的人喜爱。
幸运物：紫水晶球

水仙精灵：海伦精灵

星　　座：白羊座　　　性　格：做事严谨，缺乏冒险精神。

幸　运　物：爱琴海鹦鹉螺

水仙精灵：索菲亚精灵

星　　座：金牛座　　　　性　格：乐观，爽快，

幸 运 物：古堡魔镜　　　　　　　　具幽默感。

**小迷宫：**

怎么才能穿过花朵迷宫，

来到小精灵的身边？

水仙精灵：希耶拉精灵
星　　座：双子座
性　　格：古灵精怪，行事不
　　　　　依常规，拥有惊人的魅力。
幸 运 物：五色贝壳

水仙精灵：吉地绚娜精灵

星　　座：巨蟹座

性　格：活泼好动，有
上进心，对自己想
要的会全力去争取。

幸　运　物：玛雅
兽皮裙

水仙精灵：**安丽精灵**

星　　座：金牛座

性　　格：行事我行我素，喜欢
探险。

幸 运 物：爱琴海
珍珠螺

水仙精灵：艾蜜莉精灵
星　座：魔羯座　　性　格：有一点自私，不太合群，
幸运物：景泰蓝手镯　　　　　但没坏心眼。

水仙精灵：黛博拉精灵

星　座：双鱼座

性　格：为人善良，

有时喜欢恶作剧。

幸运物：星座

造型钥匙圈

微笑：嘴角轻微上翘，五官舒展。

惊讶：双目圆睁，眼珠不和眼皮接触。
嘴张大，嘴角向下。

俏皮：闭上眼一方的嘴角上翘。

愤怒：眉毛中心向下，嘴的两边
比中间要宽。

郁闷：嘴角轻微向下，眉毛向下倒弯。

水仙精灵：茉莉叶精灵

星　　座：水瓶座

性　　格：好胜心强，总希望
自己能够当第一。

幸 运 物：亚特兰斯
海马

水仙精灵：芭芭拉精灵

星　座：处女座　　　性　格：喜欢撒娇而且任性，但为

幸运物：梦幻漂流瓶　　　　　　　人正直，有很多好朋友。

水仙精灵: 贝琪精灵　　星　座: 天秤座
性　格: 很有气质, 美丽而优雅。
幸运物: 流苏样的玻璃风铃

水仙精灵：菜温妮精灵

星　　座：处女座

性　　格：温和体贴，大家都
　　　　　很喜欢和她做朋友。

幸 运 物：暗黑宝石戒

水仙精灵：蕾切尔精灵

星　座：白羊座　　性　格：爱挑战，从不向现实低头。

幸运物：冰风谷雪人帽

## 趣味游戏: 考眼力

下面的小碎片中, 有三块与这幅原图不一样。

试一试, 看你能不能找出来!

水仙精灵：赫蒂精灵

星　　座：白羊座　　　　　性　　格：温和善良,极
易相处；令人愉快的人。

幸　运　物：水晶玻璃

水仙精灵：丽莲精灵

星　　座：水瓶座

性　　格：超级自信，从不在意别人的说法。

幸 运 物：木雕装饰品

水仙精灵：
坎蒂丝精灵
星　座：处女座
性　格：热情，坦
　　　　诚，纯洁
　　　　无暇。
幸运物：玫瑰水晶眼镜

水仙精灵：洛佩茨精灵

星　　座：射手座

性　　格：以自我为中心，
　　　　　索要的多付出的少。

幸 运 物：金棕桐

水仙精灵：詹妮芙精灵

星　　座：巨蟹座

性　　格：像孩子一样任性，
　　　　　最在意别人对自己
　　　　　的看法。

幸 运 物：果味护唇膏

# 人物头像画法的基本要点与步骤

1. 先确定大致的发型及脸型，
用简单的线条先勾出轮廓。

2.再用简单线条勾出五官的位置。

3.完善五官的细节，修掉不用的线条。

4.画出头发外轮廓的细节。

5.最后画出头发的细节，及眼睛的高光。

水仙精灵：迪亚娜精灵

星座：双子座　性　格：温柔可人，内在却刚强又有主见。

幸运物：巧克力蛋挞

水仙精灵：卡梅隆精灵

星　　座：狮子座

性　　格：是个感性的人，向往
　　　　　和平与浪漫的生活。

幸 运 物：蓝水晶苹果

水仙精灵：碧翠丝精灵

星　　座：天蝎座

性　　格：虽然性格很强，但极易相处；拥有很多粉丝的人。

幸 运 物：金质手链

水仙精灵: 珍妮芙精灵

星　　座: 金牛座

性　　格: 快乐，无拘无束，向往自

　　　　　由的生活。

幸　运　物: 仙贝奶茶杯

水仙精灵：英格丽精灵
星　　座：天秤座
性　　格：个性爽朗，
　　　　　充满活力，
　　　　　是个有想
　　　　　法的精灵。
幸 运 物：驱魔手杖

水仙精灵：丽芙精灵

星　座：白羊座

性　格：具有决策力及
行动力的领导
人物所拥有的
特质。

幸运物：蓝色鹅毛笔

水仙精灵：**维多利亚精灵**　星座：天蝎座
性格：精力旺盛，热情洋溢，喜欢表现自己。

幸运物：仙羽林竖琴

找不同：请找出左右两幅图7处不同。